Histórias inspiradas em
O LIVRO DOS ESPÍRITOS PARA CRIANÇAS

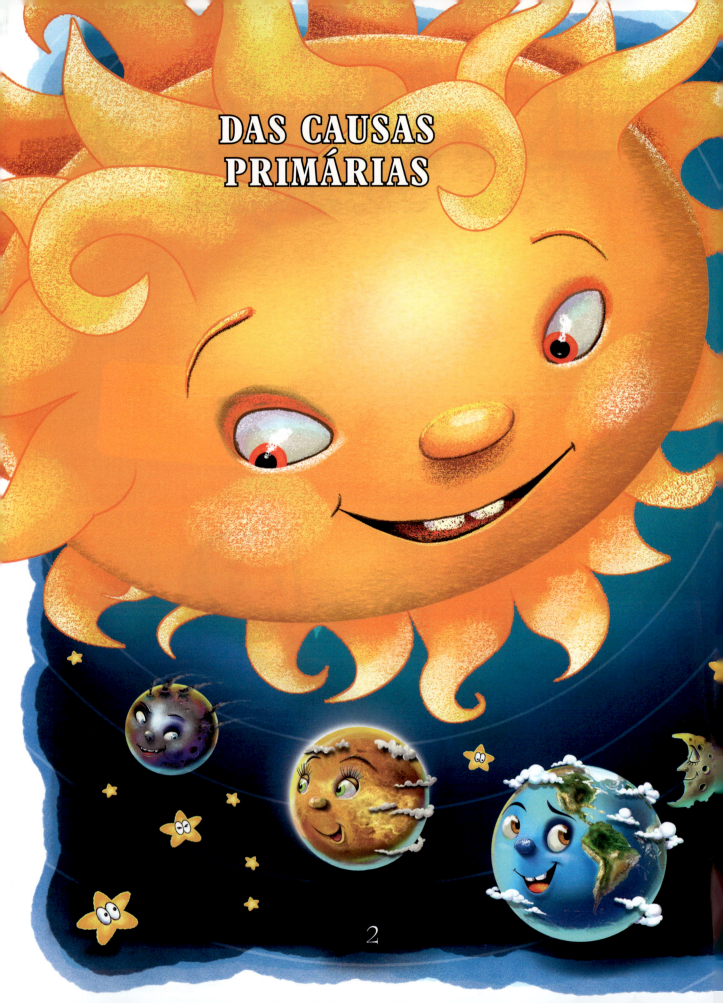

A FAMÍLIA SISTEMA SOLAR DA SILVA

Era uma vez, uma família diferente, que vivia no espaço sideral, chamada Sistema Solar da Silva.

Comandando a família com muita energia e luz estava o Sol, que com sua grande massa mantinha todos os outros membros da família, os planetas, em torno dele.

Cada componente dessa família tinha seu jeitinho de ser.

Uns estavam mais pertinho do Sol, outros mais afastadinhos, mas todos alinhados e ligados pela força gravitacional.

Essa força de atração era tão grande entre eles que todos ficavam soltos no espaço, mas não se afastavam uns dos outros, porque é preciso manter o equilíbrio e a união da conhecida família Sistema Solar da Silva.

E todos os planetas giravam harmoniosamente ao redor do Sol.

Mercúrio era um danadinho, o menor da família, por isso é o mais próximo do Sol, a seguir vinha Vênus com um brilho sem igual.

Todos os planetas gostavam muito de dançar, pois giravam em torno do próprio eixo num bailado que tem o nome de movimento de rotação.

Sabe como são as famílias, não é?

Sempre tem um que é diferente, mas não menos amado, pois é, Vênus era o único da família Sistema Solar da Silva que girava em direção contrária de todos os outros membros.

No começo houve uma daquelas brigas familiares, porque o Sol queria que todos os planetas dançassem girando na mesma direção, mas Vênus explicou que não conseguia fazer de outro jeito.

A sabedoria do Sol prevaleceu e ele resolveu deixar para lá e aceitou o jeito de ser de Vênus.

Cada um podia dançar sobre o próprio eixo como quisesse, mas só Vênus fazia diferente de todos, o que logo foi superado.

Em terceiro, vinha a Terra, conhecida como Planeta Azul.

Já em quarto lugar, vinha Marte, que só para ser diferente era conhecido como Planeta Vermelho, porque era vermelhinho mesmo.

Depois de Marte vinham os quatro grandões da família Sistema Solar da Silva: Júpiter, Saturno, Urano e Netuno, além dos satélites naturais que acompanham os Planetas.

A vida caminhava bem, e todo mundo girava em torno do Sol e em torno de si mesmo.

Era aquela harmonia familiar.

Planetas e satélites iam e vinham num bailado feliz.

Certo dia, a Terra se aproximou do Sol e a situação complicou.

Ao passar pelo Astro-Rei, nome pelo qual o Sol também é conhecido, a Terra começou a tossir:

– Cof cof cof...

– Menina, que tosse é essa? – o Sol perguntou preocupado.

– Não é nada, cof, cof, cof...

– Bem que venho te achando meio cinzentinha todas as vezes que passa aqui perto de mim – o Sol afirmou com preocupação. – E não minta para mim! Você não sabe que conheço todos os membros da nossa família?

Mercúrio que como sempre estava pertinho do Sol deu uma risadinha.

A Terra olhou de cara feia, mas logo ficou quieta.

– Vai me dizer o que está acontecendo? – o Sol perguntou impaciente. – Pensa que não estou vendo esses lixos espaciais ao seu redor?

– Cof, cof cof... – a Terra tossia sem conseguir se aquietar. – Tá certo, eu falo. Estou sofrendo as consequências da falta de educação daqueles que habitam em mim.

– O ser humano, tenho certeza! – Vênus que a tudo ouvia calado se meteu na conversa.

A Terra baixou os olhos, e todos perceberam o que estava acontecendo.

– Fique calma! – pediu o Sol. – As pessoas vão aprender que toda ação traz uma consequência. Veja a nossa família. Se um sofre todos sofrem juntos. O equilíbrio da família afeta todos os seus membros. São as leis imutáveis de Deus. Veja como todos estamos soltos no espaço, mas seguimos ligados uns aos outros. É a lei gravitacional, que nos mantém suspensos e orbitando juntos e com harmonia.

– Que é Deus? – a Terra perguntou curiosa.

– Deus é a causa primeira de todas as coisas – disse o Sol.

– Onde Ele está? – Mercúrio perguntou de olhos arregalados.

– Está em tudo e em todos os seres – o Sol respondeu. – Nos habitantes da Terra, na beleza dos mares, no azul do céu, no verde das florestas. Até no ser humano que agride a natureza...

Nesse momento, a Terra espirrou e interrompeu a explicação:

– Atchimmm...

– Saúde! – disse a Lua, satélite natural da Terra.

– Obrigada! – a Terra agradeceu.

– As pessoas que poluem a Terra, agride o próprio Deus. Se olhassem à sua volta veriam que tudo que não fizeram, por Deus foi feito. Olhem para o Universo, Deus não para de criar. Somos o efeito inteligente dessa causa inteligente. Pela obra se conhece o Criador. – falou o Sol.

Naquele instante, uma pequena nave espacial passou em torno da Terra.

– Lá vai o homem – comentou o Sol –, brincando de ser Deus. Mas apenas Deus é Eterno, sempre existiu. É imutável, nunca irá mudar. É imaterial, porque é espírito. É único, porque é o Criador de todas as coisas. É onipotente, porque é soberano em seu poder. É soberanamente justo e

bom, porque se revela nas pequenas e nas grandes coisas. Na borboleta que voa, nas florestas da Terra e no equilíbrio da nossa família, Sistema Solar da Silva.

OS ELEMENTOS GERAIS DO UNIVERSO

NÉ VOVÔ?

Naquela manhã, Joãozinho e seu avô tinham terminado de confeccionar a pipa.

Foram muitos planos e conversas para se chegar até o projeto final.

Estavam preparando os últimos detalhes amarrando a rabiola e o cabresto para colocar a pipa no ar.

Ela tinha ficado muito bonita, era vermelha e amarela.

A pracinha na frente da casa do Joãozinho era o lugar ideal para se inaugurar a primeira pipa da parceria, Joãozinho e vô Abelardo.

– Temos apenas um problema, Joãozinho.

– O que foi vovô?

– Vamos colocar a pipa nas alturas, mas não podemos demorar porque vou te levar na reunião de evangelização.

– Sério, vô?

– Muito sério! Compromisso é compromisso! Nós temos um trato, esqueceu?

– Não esqueci!

– Então, vamos empinar essa pipa e depois iremos ao centro espírita, fechado?

– Fechado, vovô!

– Pipa, ok?

– Ok, vovô!

– Linha, ok?

– Ok, vovô!

– Boné para proteger do sol, ok?

– Pegando o boné, vovô.

De boné na cabeça, avô e neto cruzaram o portão triunfantes com a pipa na mão.

– Segura a rabiola Joãozinho, ela é muito comprida.

– Será que é a maior rabiola do mundo, vovô?

– Acho que é a maior dessa rua, Joãozinho.

Eles atravessaram a rua e chegaram na pracinha.

– Joãozinho, eu vou desenrolando a linha e você vai caminhando com a pipa até ali na frente. Quando chegar lá você ergue os braços segurando a pipa...

– Vovô, qual o nome da nossa pipa?

– Sabe que eu nem tinha pensado nisso, Joãozinho?

– Como vamos chamar ela, vovô?

– Pode ser pipa Deodora?

– Que estranho esse nome, por que Deodora?

– Pipa Deodora, vai ao céu sem demora, que tal?

– Boa, vovô, vamos empinar a Deodora.

Avô e neto iniciaram aquele ritual de alegria.

Chegando no final da praça, Joãozinho ergueu a pipa Deodora com seus bracinhos ao ar.

– Dou-lhe uma – gritou o vovô – dou-lhe duas... dou-lhe três. Pode soltar.

Os olhos de Joãozinho pareciam duas estrelas de tanto que brilhavam.

Seu avô puxou com rapidez a linha que se avolumava no chão enquanto a pipa subia.

O menino saiu correndo em direção ao avô de braços erguidos e pulando de alegria.

– Deixa eu, vô... deixa eu... – ele pedia.

— Claro que eu deixo, mas espera a Deodora ganhar mais altura, só um pouquinho.

O garoto esfregava as mãos e não via a hora de dominar a pipa.

Deodora voava tão alto, mais tão alto que era preciso colocar uma das mãos sobre os olhos para fazer sombra, porque parecia que ela estava pertinho do sol.

— Pronto Joãozinho, pode segurar a Deodora, ela está muito longe. Vamos nos sentar ali no banco e você fica empinando.

Os dois amigos entusiasmados com a Deodora sentaram-se lado a lado, e entre uma puxadinha e outra na linha começaram a conversar.

— Tá bom o vento, né, vô?

— Está ótimo! A natureza é uma maravilha e o vento é amigo da Deodora, pois quis levá-la para bem alto.

— Quero mostrar a Deodora para o Dudu, quero empinar com ele. Quem sabe a tristeza dele passa, e a Deodora leva para longe. A mãe do Dudu disse que agora o pai dele foi para o mundo dos espíritos. O que é o espírito, vovô?

— Joãozinho, a mãe do Dudu tem razão, o pai dele foi para o mundo dos espíritos. O Espírito é o princípio inteligente do Universo.

— Mas, como o Espírito pode ir para o mundo dos espíritos?

Vovô Abelardo coçou a cabeça e olhando para a altura que se encontrava a Deodora, falou:

— Primeiro vamos pedir a ajuda da Deodora, pode ser?

— Claro, vovô!

— Vamos imaginar que a Deodora é o espírito que veio do mundo espiritual, a linha que mantém ela presa a sua mão é o perispírito, que é o corpo invisível do espírito, e a sua mão que segura a linha é o corpo. Então, quando a morte acontece, por qualquer motivo a linha se rompe.

– E a Deodora vai embora?

– Isso Joãozinho. A Deodora que seria o espírito vai sumir dos nossos olhos, mas não irá desaparecer, porque ela irá se juntar a outros espíritos no mundo dos espíritos, entendeu?

– Tá quase vovô, mas como foi o caminho contrário? Como é que o espírito veio do mundo dos espíritos e teve um perispírito e um corpo de carne?

– Preste atenção na Deodora para ela não perder altura. Sua pergunta é ótima. Quando seu papai e sua mamãe namoraram e ela ficou grávida, você em espírito já estava aguardando para reencarnar. Então, quando a primeira célula do seu corpo foi reproduzida, a primeira molécula do seu corpo espiritual foi conectada.

– É como a linha da Deodora, né vô?

– Isso! O Joãozinho espírito estava ganhando um corpo novinho para reencarnar. Enquanto você crescia na barriga da sua mãe, a linha ficava apertadinha.

– E se a linha se romper eu volto para o mundo dos espíritos né, vô?

– Você é um espírito, o princípio inteligente do Universo que habita um corpo que nasceu para estudar na escola da Terra.

– Então, deixa eu ver se entendi. O espírito seria a Deodora, a linha seria o corpo espiritual, e minha mão seria o corpo, se a linha quebrar o corpo morre e fica na Terra e o espírito volta para o mundo espiritual, né vô?

– Isso mesmo!

– Mas tem uma coisa, vô! – o menino se mostrava pensativo. – Outro dia, fui fazer exame de sangue. Quando fui ao consultório levar o resultado com a minha mãe o médico falou: "Ele precisa de ferro, precisa de mais proteínas". – E foi lendo uns nomes de coisas que encontramos na natureza: zinco, fósforo, cálcio, potássio. De onde vem tudo isso, vô?

– Ah! O Espiritismo nos ensina que os principais elementos do Universo são Deus, espírito e matéria, e que entre o espírito e a matéria tem um fluido chamado Fluido Universal. Esse fluido envolve a tudo no Universo. Não existe lugar em que exista o vazio ou o nada.

– Nem nos buracos negros do espaço que a gente vê na televisão?

– Não, esse fluido está em todos os lugares, penetra tudo.

– Seria como a água do aquário do meu peixinho Lindolfo, né vô?

– Bela comparação. Que maravilha, Joãozinho. Todo o Universo está mergulhado nesse Fluido Universal.

– E o que isso tem a ver com o médico que me mandou comer legumes e verduras, vô?

– Tem a ver que toda matéria, mesmo aquelas que a gente não vê com os olhos, deriva do Fluido Universal. Entendeu?

– Uau, vô, então o meu corpo é derivado desse fluido? Torta de chocolate, a minha favorita, também é derivado dele?

– É verdade! Vou dar um exemplo, todo bolo precisa de farinha de trigo, certo?

– Certo, vô!

– O Fluido Universal é como a farinha que dá origem a todos os bolos, mas é sempre dela que se faz a massa. Toda a matéria, que vemos ou não, vem do Fluido Universal.

– Assim como todos os bolos de qualquer sabor vem da farinha, né vô?

– Acho que está na hora de trazer a Deodora de volta para irmos para a evangelização, né Joãozinho?

O menino, enrolando a linha no carretel, sorriu gostosamente e disse:

— Acho que vou comer um pedaço de torta da mamãe e comer Fluido Universal, né vô?

Abelardo beijou o neto e os dois voltaram para casa levando a Deodora de rabiola enrolada.

A FÁBRICA DE MUNDOS

Podemos comparar o Universo a um berçário de mundos, pois o amor de Deus não para de criar.

Não se sabe onde começa, ninguém sabe onde vai terminar, mas na criação dos mundos, a Deus podemos encontrar.

E essa nossa história começa lá no espaço sideral no passeio de um cometa, com uma cauda colossal.

— Eu vou, eu vou pelo espaço agora eu vou. Pelos mundos vou passar e a todos encantar... larará la lá laralá lalá, eu vou, eu vou.

Esse era o Cometa GG, um cometa muito alegre e feliz.

Ele era tão grande, mas tão grande que acabou atraindo para o seu lado um cometinha pequenininho que se chama PP.

Por causa da força gravitacional do GG o PP não saía do lado dele, esses dois cometas simpáticos são os personagens da nossa história.

— Estou muito feliz PP, porque já percorri todo Sistema Solar e agora me aproximo do momento que mais gosto, sabe qual é?

— Nem imagino, mas um cometa com seu tamanho certamente tem muitas histórias para contar.

— Ah, isso eu tenho sim. Sou um cometa periódico e isso significa que de tempos em tempos eu faço minha volta pelo Sistema Solar. Faz muitos anos que dou os meus rolês e gosto muito. Principalmente depois que passo pelo Sol, porque é a partir daí que começa a festa e vou passando perto de todos os planetas.

— Uau, GG! Quando crescer quero ser igual a você. Fico sempre olhando essa sua cauda imensa e quero muito ter uma dessa.

– Ah! Você vai ter que comer muitas rochas, poeira, gelo e gases congelados como monóxido de carbono e muitos mais, porque é disso que nós os cometas somos feitos. – afirmou GG se dando ares de importância.

– Nossa! Vou fazer tudo direitinho, porque um dia vou querer dar minhas voltinhas no Sistema Solar também, com uma cauda bem bonita.

– Tem uma coisa que é o mais importante, PP, que é o Criador, o fabricante de estrelas, cometas e mundos.

– Como é que você sabe disso tudo, GG?

– Eu aprendi com os planetas e mundos por onde passo.

– E existem muitos mundos?

– Existem mais mundos do que a poeira cósmica da minha cauda. Pode acreditar!

– E nessa nossa voltinha pelo Sistema Solar a gente pode encontrar esse Fazedor de Mundos?

– Ele está em tudo, porque é a inteligência suprema, causa de todas as coisas.

– Mas, quero saber como ele fez os mundos!

– Ele começou a construção num dia que ninguém sabe e ninguém vai saber. Porque tem coisas que só Deus sabe, pois são os segredos do Pai do Universo.

Os cometas amigos seguiam conversando e iam se deslocando pelo espaço, passando pelo Sol, por Mercúrio, Vênus e estavam se aproximando da Terra.

– Olha GG – PP apontou –, é um planeta azul.

– Já foi mais azulzinho esse planeta. O povo que mora aí é tão curioso, você nem sabe, PP. Todas as vezes que passo por aqui me sinto tão observado. Tenho a impressão de que milhões de olhos ficam me olhando.

GG tinha razão, na órbita da Terra poderosos telescópios estavam apontados para o espaço para acompanhar a passagem do cometa GG.

De diferentes lugares do planeta onde o céu estivesse sem nuvens se poderia observar a cauda brilhante do grande cometa.

– Que povo é esse que mora nesse planetinha, GG?

– São os seres humanos, seres tão orgulhosos. Imagina que eles acham que só o mundo deles é habitado.

– E tem outros mundos habitados?

– Sim! Deus criou tudo que existe no Universo.

– E como ele criou?

– O Fazedor de Mundos criou tudo pela "vontade d'Ele". Deus disse: "Faça-se a luz e a luz foi feita".

– Uau, GG! Então Ele fez os cometas também.

– Isso mesmo, fez os cometas e fez as pessoas da Terra. Os mundos são formados pela condensação da matéria solta no espaço.

– E os outros mundos? Não vejo outro planeta azul como a Terra.

– Os mundos são diferentes, podem existir alguns parecidos, mas não iguais.

– As pessoas também são feitas de matéria condensada, GG?

– Não PP, as pessoas são seres orgânicos. A Terra é um planeta lindo, com florestas, mares e rios. Mas, toda essa beleza não surgiu de uma hora para outra. Foi preciso milhares de anos para que o mundo ficasse pronto para receber seus moradores, os homens.

Enquanto isso na Terra as pessoas se esforçavam para ver a passagem do cometa GG.

E quando anoiteceu, os seres humanos se emocionaram com o grande cometa da cauda longa e luminosa.

O cometa PP não continha tanta curiosidade e quanto mais ele se deslocava no espaço, mais queria saber sobre tudo que via.

– E os seres humanos? Surgiram de onde, das florestas, dos mares ou dos rios?

– No começo tudo era o caos, tudo era confusão. Pouco a pouco cada coisa tomou o seu lugar. Então, apareceram os seres vivos apropriados a cada globo.

– Uau! Os seres vivos vieram do espaço como a gente?

– Eles já estavam na Terra e se desenvolveram na passagem dos milênios. Mas, isso levou muito tempo para se desenvolver.

– O Fazedor de Mundos é muito inteligente.

– Isso mesmo, PP. Tudo no Universo revela a inteligência de Deus. Desde os astros que passeiam no espaço, até os homens que são os espíritos imortais.

– Então, os homens morrem, GG?

– Nós também morremos.

– Que triste isso. Você vai morrer, GG?

– Todos vamos! Mas não existe fim, nós nos transformamos, porque o Fazedor de Mundos transforma tudo. Um dia irei me desintegrar e ficarei espalhado no espaço. Até que nova condensação aconteça, e eu possa ser um cometinha curioso como você. Para Deus, o Fazedor de Mundos, tudo se transforma em vida nova. Assim se dá com os cometas, planetas e mundos, visíveis e invisíveis. Assim, acontece com os espíritos que deixam o corpo e seguem vivendo na vida imortal.

PP se aproximou carinhosamente do grande cometa GG, e eles pareceram ser um único cometa.

E no espaço se ouviu o Cometa GG cantarolar:

– Eu vou, eu vou pelo espaço agora eu vou. Pelos mundos vou passar e a todos encantar... larará la lá laralá lalá, eu vou, eu vou.

ROBODEK – O ROBÔ ESPÍRITA

Seu Guto, pai do Guga, era um especialista em I.A. – Inteligência Artificial.

Ele era muito feliz, porque tinha um bom emprego onde era muito respeitado por criar projetos de I.A. e esses projetos ajudavam muitas pessoas.

Era um pai muito carinhoso e estava sempre presente na vida do Guguinha.

Trabalhava a semana toda e dedicava o final de semana à família, quando levava o filho e a esposa para um bom passeio nas manhãs de sábado e durante o domingo.

Só tinha um compromisso do qual o seu Guto não abria mão.

Sabe qual era?

Seu Guto era espírita e fazia questão de levar o Guguinha na evangelização todo sábado à tarde.

Ele era daqueles homens que possuía uma inteligência rara, mas o Guguinha sempre demonstrava mais sabedoria que o pai, porque sempre fazia perguntas que o pai tinha dificuldade em explicar.

Certo dia, após a evangelização seu Guto convidou sua esposa, a dona Guiomar, e o Guguinha para um lanche.

No caminho os três iam conversando animadamente, até que o Guguinha perguntou:

— Papai, você pode me explicar sobre o princípio vital?

— Princípio vital?

– É papai! Eu vi lá na evangelização falarem sobre isso, mas eu não entendi muito bem. Mas, como eu sei que o senhor é inteligente, tenho certeza que vai saber explicar isso para uma criança como eu.

Seu Guto olhou para a dona Guiomar e engoliu em seco, sem saber como explicar.

Ele sabia o que era, mas como fazer o Guguinha entender?

Então, ele ficou em silêncio por alguns minutos e, sem graça, olhou para o filho e disse:

– Filho, eu sei o que é fluido vital, mas não faço ideia de como te explicar isso!

– Está certo, papai. Os adultos sabem tanta coisa, mas não conhecem a linguagem das crianças.

– Guguinha – seu Guto falou sem jeito –, você tem razão. Os adultos se esquecem que um dia também foram criança, então, vou procurar dentro de mim essa linguagem que deixei para trás quando cresci. Você pode me dar um tempo para que eu te responda?

Enfiando a boca no grande sanduíche que tinha nas mãos, depois de muito mastigar, Guguinha respondeu:

– Quanto tempo, pai?

– Uma semana! Pode ser?

– Até a próxima aula de evangelização, pode ser?

– Obrigado filho! Aguarde que vou te fazer uma surpresa.

E passou o sábado e foi embora o domingo.

Na segunda-feira à tarde seu Guto voltou do trabalho carregando umas caixas.

Dona Guiomar e o Guguinha se entreolharam curiosos, mas o pai do menino trancou a porta.

De lá de dentro só se ouvia o assovio do seu Guto e alguns barulhos.

Ele ficou bastante tempo por lá. Já se aproximava da meia-noite e ele não saía daquele quarto que se transformou numa oficina.

Era possível ouvir algumas batidas e um som estranho.

– Ué, mamãe! O papai está falando com alguém lá dentro.

Dona Guiomar prestou atenção e se surpreendeu, dizendo:

– Não é que você tem razão, tem alguém com ele. Quem será?

Nesse momento, seu Guto abriu a porta e disse sorrindo:

– Surpresa!!! Podem entrar!

– Não quer comer nada, querido? Tomar água, um suco?

– Não! Quero apresentar para vocês a minha mais nova criação.

Mãe e filho entraram e observaram um lençol cobrindo algo que eles não imaginavam o que era.

Sorrindo e cheio de orgulho, seu Guto foi até o lado do lençol e falou:

– Tcham tcham tcham tchammm, apresento para vocês, Robodek, o robô espírita!

– Querido, você está passando bem?

– Que dez, pai!

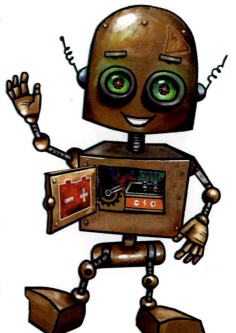

Seu Guto tinha criado um robô com todo conhecimento do Espiritismo, o Robodek.

– Ele é muito especial. Uma I.A. diferente, sabe por quê?

– Por que, pai? – Guguinha tinha brilho nos olhos.

— Porque ele sabe contar histórias para crianças, e qualquer pergunta que se faça ele sabe responder para que as crianças possam compreender.

— Nossa! E funciona? — dona Guiomar quis saber.

— Tanto funciona que vamos levar Robodek para a evangelização do centro espírita.

— Nunca vi um robô evangelizador! — dona Guiomar pôs a mão no queixo espantada.

— Muito prazer, senhora, sou o Robodek a seu dispor!

Todos levaram um susto, menos seu Guto, que sorriu.

— Oi Robodek! Você pode me falar sobre o princípio vital?

— Claro que posso, Guguinha! Vou responder contando uma história. Era uma vez, um homem muito inteligente que gostava de criar máquinas. Com sua habilidade ele decidiu montar um robô. Então, pegou todas as peças e foi ajustando uma aqui e outra ali. Colocou braços e pernas, cabeça e corpo. Tudo estava pronto para funcionar, mas o robô não tinha vida, não se mexia, porque precisava de uma energia, um princípio vital que o movimentasse. Foi quando o homem inteligente percebeu que precisava de uma bateria. Porque sem esse princípio vital o robô não falaria e não armazenaria todos os conhecimentos de Allan Kardec. Então, foi colocada uma bateria, que era o princípio vital necessário para o robô se movimentar e ganhar vida. É semelhante com todos os seres orgânicos, também com os homens e os animas que têm os órgãos adequados as suas necessidades de vida. Os seres inorgânicos são todos os que não possuem vitalidade, nem movimentos próprios e que se formam apenas pela agregação da matéria, como por exemplo as pedras, os minerais, a água, o ar e outros mais.

— E quando alguma peça do robô quebra? — Guguinha perguntou curioso e feliz.

— Então, o robô morre!

— E o princípio vital? — o menino seguiu perguntando.

— O princípio vital volta para o meio ambiente onde tem sua origem. No caso do robô sua bateria pode ser reciclada, ou ser usada como princípio vital em outro equipamento ou robô. Assim é com o homem, se ele adoece e morre o princípio vital retorna à natureza e o corpo se decompõe.

— Você é muito inteligente, Robodek! — Guguinha elogiou.

— Sim, de fato sou muito bom mesmo.

— Um robô espírita não deveria ser mais humilde? — dona Guiomar perguntou ao seu Guto.

Todos riram muito, e o criador do Robodek respondeu:

— Calma, Guiomar, o Robodek também está em evolução e ainda é muito orgulhoso.

Felizes, todos se reuniram em torno da mesa para fazer o evangelho no lar.

Robodek pediu para fazer a leitura, mas nem precisou de livro, pois consultou sua memória e declamou em voz alta o capítulo XV de *O Evangelho Segundo o Espiritismo* – "Fora da caridade não há salvação".

ESCOLA DE ANJOS

Era uma vez, um Pai que era conhecido como a inteligência suprema, causa primeira de todas as coisas.

Ele era tão especial que criava mundos, planetas e estrelas.

Mas, o que Ele também gostava de criar era espíritos, os seus filhos.

E desde muitos e muitos séculos, e bota muitos nisso, Ele cria permanentemente esses seres para que um dia se tornem anjos.

Pois é, um dia todos os espíritos serão anjos, mas você pensa que é fácil assim?

Nana nina não!

Vamos começar essa história, bem lá no comecinho.

Os espíritos são os seres inteligentes da criação.

Eles são criados simples e ignorantes e são enviados para as escolas planetárias para aprender e evoluir.

No Universo existem muitas escolas, mas vamos falar de uma delas que nós conhecemos bem.

Trata-se do Planeta Terra.

Os espíritos não têm forma, eles são como uma chama, ou um clarão, e eles chegam a brilhar como um rubi conforme seu adiantamento na escola Terra.

Eles andam pelo espaço com a rapidez do pensamento, mas para isso precisam se esforçar para aprender e evoluir na escola da vida.

O espírito, para encarnar na Terra, tem um corpo espiritual, que se chama perispírito.

O perispírito é a roupinha fluídica que o espírito usa para encarnar aqui na Terra.

E quando sua mamãe fica grávida, o espírito coloca sobre a roupinha chamada perispírito outra roupinha, que é o seu corpo físico.

O corpo é o uniforme escolar para aprendermos e evoluirmos na escola do mundo.

E nossos primeiros colegas de turma são os nossos familiares.

A escola é o mundo inteiro e teremos de aprender direitinho todas as matérias para que um dia possamos nos tornar anjos.

Tenho certeza de que você quer saber quais são as disciplinas que o espírito deve estudar na escola da vida.

São muitas as disciplinas, mas antes preciso te apresentar o diretor dessa escola planetária, o nome dele é Jesus.

Preciso te dizer também quem é o coordenador pedagógico, ele se chama Allan Kardec.

E não posso esquecer dos professores, sabe quem são?

São muitos, todas as pessoas com as quais convivemos na Terra têm o que nos ensinar.

O grande professor é o nosso próximo.

A principal matéria é o Amor, para que um dia nos tornemos anjos, precisamos aprender a amar as pessoas como elas são.

Tem também as disciplinas da Caridade, Humildade, Perdão e muitas outras.

Na escola de anjos, os alunos são divididos por turmas, porque eles são diferentes e isso depende do grau de aprendizado que já tenham alcançado.

Quanto mais esforçado é o aluno, mais evoluído ele se torna.

Tem alunos que amam mais, que perdoam, que são bondosos e caridosos. Esses estão em turmas mais avançadas.

Na escola de anjos, todos têm as mesmas oportunidades, porque recebem material adequado ao estudo e ao próprio merecimento.

Todos têm o caderno da consciência onde devem escrever suas lições.

A borracha do perdão para apagar as tristezas e as ofensas que recebem.

O lápis das atitudes para escrever tudo que aprenderam.

A cartilha do Evangelho entregue por Jesus para aprenderem a soletrar e vivenciar as palavras de amor.

Mesmo matriculados nessa escola, alguns alunos preferem escrever lições tristes e infelizes e com isso vão perdendo tempo na vida, uma vida é como um ano letivo.

E quando chega no final do ano, eles não aproveitaram nada e perderam a oportunidade de subir mais um degrau na escala dos alunos, que estão evoluindo para se tornarem anjos.

Então Jesus, o diretor da escola, pede que eles voltem novamente pela reencarnação e recomecem os estudos em outra vida, em novo ano letivo.

E enquanto eles não se esforçarem ficarão repetindo as encarnações.

As lições que eles aprenderem não precisarão repetir.

Eles devem se dedicar apenas às disciplinas em que falharam.

Você que lê essa história, tem alguma lição na qual sua dificuldade é grande para aprender?

Vamos aprender a amar?

Vamos aprender a perdoar?

E quanto mais nos esforçarmos na Escola da Terra, mais subiremos na escala evolutiva.

Alguns anjos aprendem tanto que conseguem levar seu amor por toda Terra.

Eles são como o Sol, que irradia sua luz por todo Sistema Solar sem precisar se dividir.

O amor é assim, quanto mais cresce em nosso coração, mais ele se multiplica.

Existem muitos anjos no mundo que desejam que nos tornemos anjos também.

Vamos estudar?

A ALMA E O VIOLINO

O senhor Ré ginaldo, conhecido maestro na pequena cidade chamada Partitura do Sul estava desconsolado, e dizia para sua filha, Dó rotéia:

– O que posso fazer vendo meus lindos instrumentos sem vida, sem alma?

– Não fique triste papai, logo o Sol vai brilhar mais uma vez em sua vida.

– Tantos anos de dedicação no conservatório para ver meus instrumentos sem alma, sem vida. Não tenho dinheiro para manter a escola de música aberta. Dói na minha alma, filha.

– E o seu violino favorito, papai? Você nem toca mais nele?

– O músico é a alma do instrumento, que só tem vida quando produz as notas musicais.

Pai e filha ficaram conversando por muito tempo, até que o maestro resolveu ir para o quarto dormir, afinal, já era muito tarde.

Ré ginaldo costumava contar as notas musicais quando se deitava para tentar dormir logo. Ele achava muito chato contar carneirinhos – coisa de maestro.

– Dó, ré, mi, fá, sol, lá, si... dó, ré, mi, fá, sol, lá, si... dó, ré, mi...
Ele adormeceu.

De repente, Ré ginaldo se viu caminhando num lugar muito estranho onde não havia pessoas caminhando, mas instrumentos que iam e vinham de um lado para outro.

– Mas que surpresa, o prestigiado maestro Ré ginaldo aqui no mundo dos Instrumentos sem Alma.

Ré ginaldo ficou paralisado, pois quem falava com ele era o seu amado violino Fá usto, era esse o nome do violino dele – coisas de maestro.

– Fá usto! – ele disse espantado. – Você fala?

– Aqui no sonho e no mundo dos Instrumentos sem Alma eu falo a sua língua e, na vida real, eu falo pelas músicas que você faz soar por minhas cordas.

– Nossa, Fá usto, não entendi essa coisa de Instrumentos sem Alma...

– Eu explico, maestro, os instrumentos só têm vida, quando os músicos tocam as mais belas melodias através de nós.

– Você está querendo me dizer que a sua alma sou eu?

– Isso mesmo, maestro! Os seres humanos são instrumentos de carne, e quando o espírito encarna se transforma em alma. Sem espírito não tem vida física, sem músico para ser a alma do instrumento, não tem música.

– Nunca imaginei que um simples violino, com todo respeito que lhe tenho Fá usto, pudesse saber de coisas transcendentes. Já que você é um violino muito afinado com as coisas da vida, me diga, o que posso fazer com

os Instrumentos sem Alma, ou melhor, que não têm músicos e por isso estão sem vida no conservatório?

– Tenho uma ideia! – Fá usto respondeu após refletir. – Reúna as crianças em situação de vulnerabilidade da sua comunidade e as ensine a tocar, ou melhor, a se tornarem a alma dos instrumentos mortos, quer dizer, parados.

– Uau! Fá usto, que ótima ideia!

Pela manhã o maestro despertou com aquela intuição, ele se lembrou de algumas situações do sonho, mas disse a si mesmo:

– Violino falante, que loucura! O Fá usto com alma? Estou doido!

Aquela ideia, no entanto, não saía da cabeça do maestro, "crianças dão alma à arte".

Ele chamou a filha que o ajudou a reunir meninos e meninas em situação de vulnerabilidade, e depois de alguns meses de ensaio os Instrumentos tinham Alma e emocionavam as pessoas nas apresentações musicais.

Dó roty, Ré inaldo, Mi chele, Fá tima, Sol ange, Lá rissa, Si mone...

Essas eram algumas das almas humanas, espíritos encarnados, que davam alma aos instrumentos musicais.

BORBOLETOLÂNDIA

Era uma vez uma história que aconteceu no mundo das lagartas.

Nesse lugar, a vida das lagartinhas era muito difícil, elas viviam se arrastando pelo chão.

Vida pesada e muito limitada.

A vida social era bem complicada, existiam lagartas muito pobres e outras ricas, algumas moravam nas mansões, outras sofriam com a dureza de viver nas comunidades.

Com toda dificuldade elas iam levando os dias, mas existia um medo que a maioria delas sentia, que era a fase da metamorfose. O medo era tão grande que alguns chamavam de "mortemorfose", a grande mudança de vida.

Algumas lagartas acreditavam que a "mortemorfose" era o fim da vida.

Muitas diziam que depois da "mortemorfose" é que vinha a vida verdadeira, pois todas as lagartas iriam nascer borboletas em uma existência que até se podia voar.

Mas, uma parte das lagartinhas habitantes daquele mundo dizia a metamorfose é o fim, o nada, na verdade é a "mortemorfose", porque não existe vida depois dela.

Certo dia, numa escola desse mundo, as lagartinhas estudavam, quando uma delas perguntou à professora:

– Professora Teca, é verdade que existe uma vida depois dessa, onde nos transformamos em borboletas e voamos?

– É verdade, Tina! Temos essa existência como lagartas, depois passamos para o casulo para viver a fase da metamorfose, e só depois disso nos tornamos borboletas.

— É mentira, professora, meu pai disse que não existe metamorfose, mas "mortemorfose", ele falou que não existe mundo de borboletas, que o casulo é o fim, é a morte.

— Eu respeito seu pai, Romilda, mas todos acreditamos que existe vida depois do casulo.

— Professora, minha avó me contou uma história, que nós vivemos no mundo das lagartas para evoluir e que passamos pela vida de lagarta, depois pelo casulo e nascemos borboletas no mundo da Borboletolândia.

— É exatamente isso, Verinha, nós vivemos essas vidas diferentes até virarmos borboletas.

– E dói deixar o corpo de lagarta e virar borboleta?

– Não dói. Já imaginou poder voar, Verinha? Abandonar esse corpo pesado de lagarta em que nos arrastamos no mundo.

– Minha avó me disse que no mundo das borboletas vamos encontrar todas as lagartas que viveram aqui com a gente, né professora?

– Sua avó é muito sábia, Verinha. Na Borboletolândia vamos nos reencontrar com todas as lagartas que viveram aqui conosco.

– Então não existe "mortemorfose", professora?

– A morte não existe, crianças, vivemos várias vidas até que um dia iremos voar por um jardim belo e colorido, cheio de flores e perfumes.

– Todas as lagartas vão para esse jardim, professora?

– Todas as lagartas vão evoluir, Romilda. Mudar de lagarta para o casulo, do casulo para se tornar borboleta é a nossa emancipação.

AS MUITAS VIDAS DO MEU DIÁRIO

Era uma vez uma menina de nome Aurora que estava muito feliz, sabe por quê?

Porque ela ganhou um diário novo, isso mesmo, Aurora estava muito, mas muito feliz mesmo.

Tudo começou no dia em que ela viu na vitrine da papelaria perto da escola aquele diário com cadeadinho.

Foi assim...

Logo que voltou para casa, após a aula, a menina correu para a sala e foi logo dizendo para a mãe, dona Elizete.

– Mamãe, a senhora sabe o quanto eu quero ter meu primeiro diário, né?

– Hummm... – a mãe da Aurora era assim, de vez em quando respondia desse jeito mesmo.

– Ele tem cadeadinho, mamãe. A senhora pode me dar aquele diário?

– Hummm...

– Hummm, o que mamãe?

– Não vou comprar!!!!

A menina emudeceu e ficou com os olhos brilhantes de lágrimas.

– Eu não vou comprar porque eu já comprei, minha filha. Não precisa ficar triste.

E pegando um pacote da gaveta do móvel da sala entregou à menina, que sorriu emocionada.

Rapidamente, ela rasgou o papel de presente e surgiu diante dos seus olhos saltitantes de alegria o diário com cadeadinho.

– Vou correndo para o quarto escrever no meu diário, mamãe. Vou pegar as minhas canetinhas coloridas para ele ficar bem bonito.

E dizendo isso, Aurora foi para o quarto e fechou a porta.

Então, ela abriu a página para relatar seu dia na escola, suas alegrias e tristezas.

– Querido diário... – ela escreveu.

– Querida Aurora... – ela ouviu uma voz que vinha de dentro do diário. Os olhos da menina ficaram arregalados.

– Um diário falante? – ela perguntou sem ter medo.

– Eu falo sim! Não precisa ter medo. Já tive tantas vidas e tenho tantas histórias para contar, mas nunca encontrei alguém que quisesse ouvir.

– Uau! Um diário falante. Podemos fazer uma troca, você me conta suas histórias e depois eu escrevo em suas páginas, o que acha?

– Parece justo, acho que vou aceitar sua oferta. Quando podemos começar?

– Agora mesmo, ué. Você disse que já teve outras vidas, nunca imaginei que existissem outras vidas de um diário.

– Foram muitas e muitas, mas vou começar pelo comecinho, quando eu era uma árvore na floresta, um eucalipto. Eu vivia junto com outras árvores crescendo saudável. Algumas

amigas minhas foram cortadas e nos despedimos com lágrimas nos olhos, quer dizer, lágrimas nas folhas.

– Que história linda a sua...

– Pois é, nem te conto, quer dizer, estou contando. Num belo dia deixei de ser árvore e virei papel. Me cortaram e me levaram para passar por uma transformação, e depois de alguns processos comecei a viver muitas vidas.

E o diário falante, falava e falava.

– Continua, por favor, estou amando!

– Como papel me transformei em cartas, livros, jornais, cadernos e muito mais. Quando ficava velho e minha vida terminava, me levavam para ser reciclado, e depois de um tempo eu voltava novinho em folha.

– Nossa! E como foi que você aprendeu que tinha muitas vidas? – Aurora perguntou sem conter a curiosidade.

– Nem te conto, quer dizer, conto sim! Certa vez, eu vivia como um livro maravilhoso, chamado *O Livro dos Espíritos*, escrito por Allan Kardec, um livro cheinho de perguntas e respostas.

– Uau! Então, você era um livro sábio?

– Muuuito sábio, e nas minhas páginas as perguntas e respostas falavam das vidas sucessivas. O mesmo espírito que voltava a viver em corpos diferentes, em mundos diferentes.

– Puxa vida!!!! Você já foi jornal, livro, papel e outras coisas né?

– Até álbum de figurinha eu já fui. Aprendi, quando eu era *O Livro dos Espíritos*, que as pessoas assim como você reencarnam. Você já foi outras pessoas.

– Vixi!!! Se eu reencarno, você faz o quê?

– Eu reciclo, oras! – e o diário caiu na gargalhada. – Quando eu ficar velhinho com as páginas cheinhas de letras e anotações você me manda reciclar, que depois eu renasço novinho em folha.

– Você recicla, não renasce. Que emoção ter um diário falante. Agora é minha vez...

– Tá bom, Aurora, eu sou um diário feliz! Pode começar!

– Querido diário! – ela escreveu emocionada em seu amigo de cadeadinho.

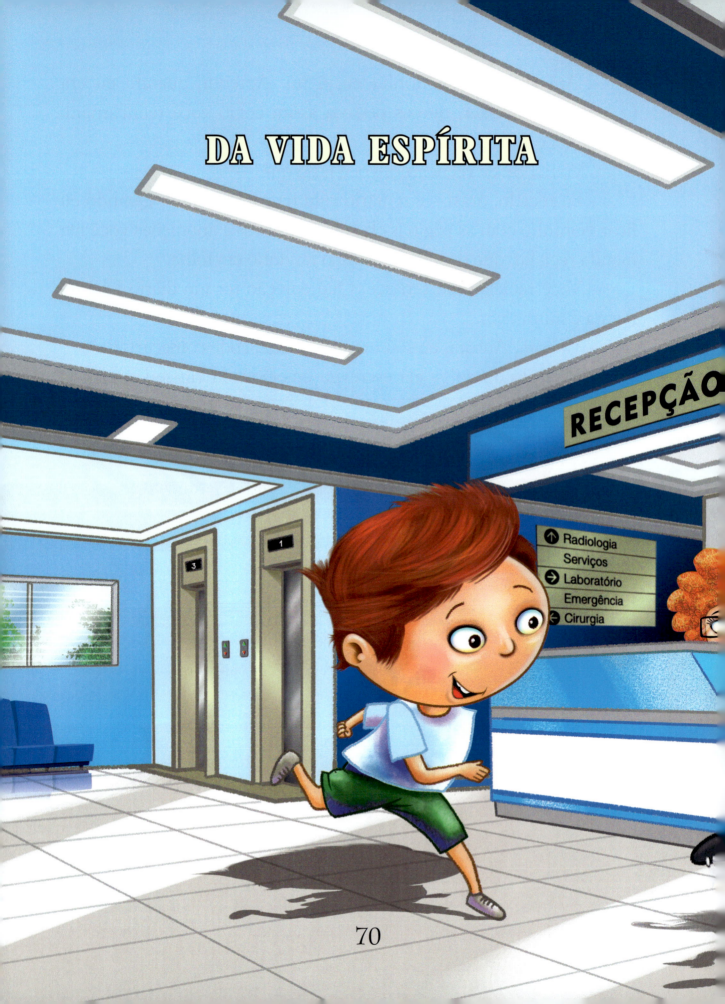

AMIGOS!

No corredor do hospital ouviu-se gargalhadas.

Daniel e Gustavo corriam como se estivessem no quintal de suas casas.

Ala "C" do Hospital Infantil.

Daniel no quarto 202, Gustavo no 204.

Que "coincidência", os dois estavam internados na mesma ala e se conheceram no corredor do hospital, nas caminhadas matinais com suas mães.

As duas iniciavam uma amizade na troca de conversas amistosas e davam força uma para a outra.

Há mais de duas semanas a internação deles se demorava.

A amizade entre eles só crescia, pareciam irmãos.

Durante aqueles dias de internação eles tinham uma combinação, quem acordasse primeiro ficava na porta do quarto do outro esperando para a caminhada da manhã.

Cada um trazia um brinquedo, um carrinho ou aviãozinho.

E foram muitas as vezes em que a mãe do Gustavo ralhava com o filho para que ele falasse mais baixo.

Com o Daniel acontecia a mesma coisa, a mãe dele dava cada bronca.

Mas, naquele dia tinha algo de diferente.

Gustavo e Daniel gargalhavam e corriam pelo corredor largo.

A alegria era tanta, que Gustavo pediu:

– Você promete ser meu amigo para sempre?

– Nada vai nos separar, prometo! – Daniel disse cruzando os dedos.

Eles perderam as contas de quantas vezes correram pelo corredor.

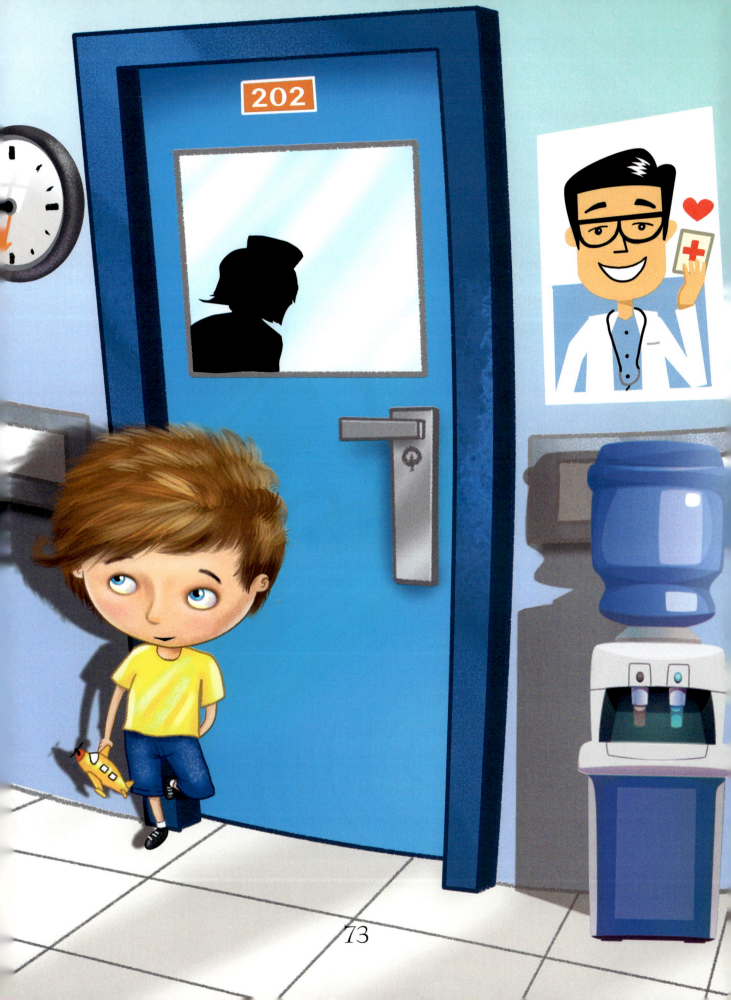

Em alguns momentos, surgia uma luz colorida, muito bonita e o corredor se transformava num túnel muito bonito.

E em uma das idas e vindas pelo corredor Daniel parou e estava com a respiração ofegante.

– Tá cansado? – Gustavo perguntou.

– Eu preciso ir agora...

– Você já vai para o seu quarto? As nossas mães nem nos chamaram para dormir, vamos brincar mais!

– Não posso, Gustavo! Eu preciso ir, mas prometo voltar e brincar mais com você.

Dizendo isso, Daniel abraçou o amigo, e Gustavo retribuiu abraçando-o bem apertado.

Gustavo ficou parado, e Daniel caminhou pelo túnel colorido até que uma enfermeira surgiu e o pegou pela mão e eles desapareceram.

***

– Gustavo! Acorda menino! Vamos tomar café!

Confuso, o menino se levantou e após o café foi para o corredor, para a porta do quarto esperar por Daniel.

E depois de esperar por alguns longos e angustiosos minutos ouviu a mãe de Daniel falar:

– Meu filho não pode mais brincar com você, Gustavo. – com carinho ela passou a mão sobre a cabeça do menino.

A mãe do Gustavo que ouvia tudo abraçou o filho, eles voltaram para o quarto, e ele contou o quanto tinha brincado com o amigo na noite passada.

A mãe dele afirmou que aquilo tinha sido um sonho.

Ele sentia muita saudade de Daniel.

Apesar da tristeza, a vida foi voltando ao normal.

Depois de alguns dias, Gustavo teve alta hospitalar.

Certo dia, a mãe de Gustavo o encontrou brincando e falando "sozinho", mas se dirigindo a alguém, que ele chamava de Daniel.

Ela estranhou, mas compreendeu que ele sentia falta do amigo. Gustavo dizia que Daniel vinha lhe visitar e afirmava que um dia ele voltaria a viver na Terra, e que os dois iriam brincar novamente.

Gustavo contou para os pais que Daniel morava no mundo espiritual, para onde todos irão um dia.

Eles brincavam de esconde-esconde e Daniel falava que estava escondido dentro do coração de Gustavo, lugar onde os amigos ficam escondidos quando partem da Terra.

Um dia Gustavo falou com muita alegria, após brincar com Daniel, que o amigo lhe dissera que quando voltasse a viver na Terra iria escolher nascer na família dele.

Então, depois de meses, a mãe do Daniel convidou Gustavo para ir ao cemitério levar flores ao túmulo do amigo.

– Ele me disse que não está no cemitério – Gustavo falou recusando o convite. – O Daniel me ensinou que ele está sempre ao lado de quem pensa nele com amor. Ele está vivo!

– Você tem razão, Gustavo. Um dia todos nós iremos nos reencontrar. – a mãe de Daniel afirmou emocionada. – Certamente, ele não está lá.

DA VOLTA DO ESPÍRITO À VIDA CORPORAL

SEU RENE E DONA ENCARNAÇÃO

Essa história começa daquele jeito especial...

Era uma vez uma família que tinha como pai o Sr. Rene que gostava de fazer bolos, e como mãe a Sra. Maria da Encarnação, que adorava escrever poesias.

Um casal muito simpático, e na intimidade com os familiares e amigos todos os chamavam de Rene e Encarnação.

Eles tinham três filhos, dois meninos e uma menina.

Ricardo era o mais velho com onze anos, Rafael com dez e Laurinha com oito.

Vamos começar pelo começo, o primeiro filho foi o Ricardo e sua chegada foi muito comemorada.

Ele demorou um pouquinho para falar, gostava de exclusividade na atenção, quando estava com a dona Encarnação não a dividia com o seu Rene.

Os pais nem ligavam para isso, e adoravam ficar junto com o menino, realmente ele era muito especial.

E foi numa noite estrelada que seu Rene e dona Encarnação se emocionaram, pois o Ricardinho ficou entusiasmado ao ver o brilho das estrelas no céu, ele gostava demais das coisas que brilham.

– Eita menino para gostar de estrelas. Dona Encarnação dizia sempre que ele tinha vindo de uma delas, por isso gostava tanto de ficar em silêncio olhando o céu. Ela falava que Ricardinho tinha um mundo lindo que era só dele, mas de vez em quando ela e o seu Rene tinham a permissão para entrar.

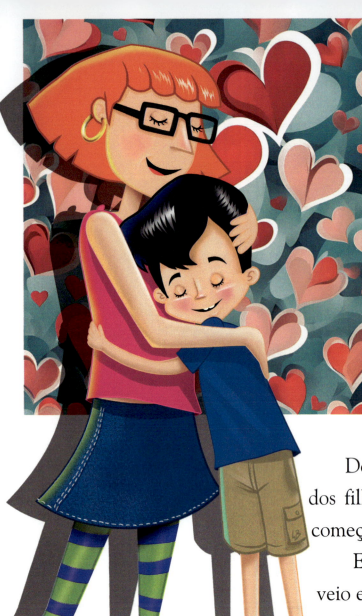

O segundo filho foi o Rafael.
— Que filho lindo Deus me deu! — seu Rene falava para todo mundo.
— Meu menino nasceu através da mulher mais bonita que conheci, a Maria da Encarnação. Ele nasceu com os olhinhos mais fechados que os nossos e o coração aberto para amar todo mundo.

Rafael gostava de abraçar, que menino amoroso, os pais sempre falavam muito emocionados.

Dona Encarnação sabia que a história dos filhos dela e de todas as crianças não começava no berço, mas antes disso.

E foi justamente isso que a Laurinha veio ensinar para toda família.

Menina muito inteligente, faladeira e perguntadora, como falava essa Laurinha.

Os dedos da mão não são iguais, dizia seu Rene, e a Encarnação concordava, porque os filhos deles eram muito diferentes.

Certa noite, enquanto a família estava à mesa comendo bolo de fubá feito pelo seu Rene, Laurinha disse que já tinha morado na França em uma outra vida.

Rene e Encarnação não se assustaram com o que a menina dissera porque eles acreditavam na "renencarnação", quer dizer, reencarnação.

A garota disse que já conhecia o Ricardinho e o Rafael, que eles tinham sido amigos na vida passada.

E de vez em quando lá vinha a Laurinha com essas conversas.

– Por que não consigo lembrar de tudo, mamãe?

– Laurinha, pode acontecer que algumas pessoas se recordem de pequenas situações de outras existências, mas isso não é tão comum – dona Encarnação comentava.

– Esquecer nossas vidas passadas é uma bênção dada por Deus, minha filha – seu Rene dizia com carinho.

E surpreendendo a todos, dona Encarnação declamou uma poesia:

Passamos pela infância
Para aprender novas lições
Somos espíritos imortais
Na escola das reencarnações

Nosso espírito se une ao corpo
No instante de reencarnar
Cada um com suas dificuldades
Mas tudo está no seu lugar

Cada qual com o seu corpo
Cada um com sua necessidade
Ricardo, Rafael e Laurinha
Vieram da Espiritualidade

Nem tudo é simpatia
No ambiente familiar
Mas a gente tá junto de novo
Para aprender a nos amar

A alegria tomou conta de todos com a poesia da Encarnação, ela era uma mãe tão generosa.

Rafael com a boca cheia de bolo caiu na gargalhada.

– Posso fazer uma pergunta? – Laurinha indagou, como sempre Ricardinho aplaudiu a mãe.

E o Rene deu um beijinho na Encarnação.

– Pode perguntar, filha!

– Eu escrevi uma poesia, posso mostrar?

– Olha Rene, a Laurinha é uma menina poeta.

– Mostra filha! – Dona Encarnação pediu.

Eu tenho uma família
Que eu amo de montão
Nós voltamos a nos encontrar
Pela reencarnação

De corpo em corpo
Feito pipoca
Seja doce ou com sal
A gente pula e aprende
Como espírito imortal

Cada um com seu nariz
Com seu modo de brincar
Criança quer ser feliz
Não importa o lugar

Seu Rene e dona Encarnação ficaram emocionados com a poesia e todos aplaudiram a menina poeta que parecia ter vindo das estrelas.

DA EMANCIPAÇÃO DA ALMA

ALICE NO PAÍS DOS SONHOS

Era uma vez, ou várias vezes...

Uma menina chamada Alice, ela não morava no país das maravilhas, não morava na ilha da fantasia, afinal, onde morava Alice?

Explico: Alice morava na rua do Sonho, no número 1, esquina da rua do Cochilo, na Vila Soneca que ficava perto da praça do Ronco.

Só de escrever o endereço da Alice comecei a bocejar, me deu um soninho zzzzzzzz.

Nossa, quase dormi, mas preciso escrever a história da Alice no País dos Sonhos.

Alice era uma menina muito ativa, ela estudava, cantava, nadava, jogava futebol, corria, brincava de esconde-esconde, pulava amarelinha. Nossa! Fiquei cansado. Como fazia coisa essa menina.

Ela fazia isso tudo, mas ela dizia que a melhor coisa na vida era visitar o País dos Sonhos.

A mãe da Alice já sabia, quando ela despertava pela manhã sempre tinha uma novidade.

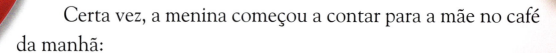

Certa vez, a menina começou a contar para a mãe no café da manhã:

– Mamãe, a senhora sabia que todas as noites quando a gente dorme o corpo fica na cama, e o espírito vai para o país dos sonhos?

– De onde você tirou isso, Alice?

De um sonho, ué! Foi assim, eu dormi e meu anjo da guarda me levou para visitar outras pessoas que também estavam dormindo.

– Alice, minha filha, como é que você inventa tudo isso?

– Não estou inventando, mamãe, é verdade verdadeira. A gente dorme, e o espírito se afasta do corpo, então ele vai encontrar quem a gente ama.

– E quem você já encontrou no país dos sonhos, menina?

– Ah, mamãe! Até a senhora eu já vi por lá!

– Meu anjo da guarda me disse que quando dormimos podemos encontrar os vivos e os mortos.

– Credo, Alice! Que história é essa, menina?

– Não é história mamãe, eu até falei com a vovó Esmeralda...

– Mas, você não conheceu minha mãe, Alice, ela morreu antes de você nascer!!!

– Na na ni na não, mamãe, a gente não morre, só muda de lugar, meu anjo da guarda me disse.

A mãe da menina ficou com os olhos cheios de lágrimas, muito emocionada.

– Mamãe, meu anjo da guarda me disse que no mundo espiritual, para onde vamos quando dormimos, nos encontramos com pessoas que gostam da gente, mas ele também disse que existem espíritos que podem nos perseguir criando pesadelos.

– Alice, o que eu faço com você? Que cabecinha criativa essa sua!!!

— Eu já encontrei nos meus sonhos os meus amigos invisíveis que vêm brincar comigo aqui em casa. E a gente também brinca no País dos Sonhos.

— Como eu gostaria de sonhar como você e encontrar minha mãe...

— Todo mundo sonha, mamãe, mas nem todo mundo lembra; quando a senhora for dormir peça ao seu anjo da guarda, porque todo mundo tem o seu, para ele te levar ao encontro da vovó Esmeralda.

— Vou fazer isso, Alice, farei a minha oração e meu pedido para ir ao País dos Sonhos.

— Se pudesse eu te emprestava meu anjo da guarda, mas ele me disse que não pode.

Já se aproximava do horário que Alice ia para sua cama.

— Vamos, minha filha, vou te colocar para dormir.

— Vai me contar uma história, mamãe?

— Sim, vou contar...

— Qual o nome da história de hoje?

— Alice no País dos Sonhos! Que tal, gostou?

— Uau!!! Amei demais! Tem anjo da guarda nessa história?

— Tem sim! A história começa assim: era uma vez uma menina que gostava de dormir e sonhar. Então, certa noite ela deixou o corpo quentinho embaixo das cobertas e foi caminhar nas estrelas com seu anjo da guarda...

O REI QUE GRITAVA

Era uma vez um rei que gostava de gritar com todos os seus súditos.

– **Sou eu que mando aqui!!!!** – ele exigia autoritário.

Até mesmo sua família se afastava quando ele começava a gritar.

E a vida foi passando assim, até que um dia ele gritou tanto, mas tanto, um tantão mesmo...

– **EU SOU O REI, POSSO MANDAR E FAZER O QUE EU QUISER COM A VIDA DAS PESSOAS. NO MEU REINO EU SOU DEUS!!!!!!!!**

E todo mundo tampou os ouvidos por causa da gritaria real, mas de repente ele ficou mudo, seus olhos foram ficando arregalados e o rei caiu duro no chão.

Todo o reino se assustou, pois o rei morreu de tanto gritar.

Então, um silêncio absoluto reinou, e as pessoas que estavam acostumadas aos gritos reais ficaram surpresas com a nova vida.

E no dia seguinte, lá estava o corpo do rei no caixão real.

No velório, a fila era enorme, porque ninguém acreditava que a majestade dos gritos havia morrido.

A fila dos súditos era longa para ver o rei morto; ainda havia aqueles que tinham receio de o rei sair gritando do caixão, ninguém acreditava que o rei tinha morrido de tanto gritar.

Ninguém via, mas o rei, agora morto, estava vivo como espírito.

Então, ele começou a gritar, mas ninguém ouvia.

– **O que aconteceu comigo? Ninguém me ouve?**

E gritou e gritou, mas não adiantou.

Ele olhava para o caixão e via seu corpo.

– **Como pode? Meu corpo ali e eu aqui?**

Então, ele começou a caminhar entre seus súditos na fila e ouviu comentários que o entristeceram:

– Finalmente um pouco de silêncio, nunca vi um rei gritar tanto – dizia um.

— Nossa, agora vou tirar o algodão dos meus ouvidos, porque não ouvirei os berros reais todas as manhãs – afirmava o secretário do rei.

— Amanhã o príncipe vai ser coroado novo rei, viveremos um tempo novo – comentou uma mulher na fila.

— **Não é possível! Não posso aceitar, o trono é meu e não divido com ninguém!** – o rei falava gritando.

Ao ver o jovem príncipe sentado ali próximo ao lado da rainha o rei se aproximou, e gritava junto ao ouvido do futuro rei:

— **O trono é meu, não divido com você, não divido de jeito nenhum!!!!!!!!!!!!!**

O príncipe não ouvia os berros do espírito do pai, mas um pensamento começou a se repetir em sua mente de que o rei não queria que ele assumisse o trono.

O rei tentava influenciar seu filho pelos pensamentos.

E durante várias horas o rei procurou confundir a cabeça do príncipe.

Em meio ao desespero e aos berros reais, o rei escutou uma voz branda e doce:

— Felipinho, que agitação é essa? – esqueci de falar que o nome do rei era Felipe I.

— **Estão roubando meu trono, você não percebe?**

— Você não precisa gritar comigo, Felipinho. Estou te ouvindo, pare de tentar influenciar seu filho através do pensamento.

— **Mas, ele vai tomar meu trono!**

— Felipinho, ouça sua vó, ninguém é dono de nada. Você morreu e agora quer manter o trono passageiro na Terra. Deixa o Felipinho II tomar posse e cuidar dos seus súditos sem gritos.

— **O trono é meu, o castelo é meu, tudo é meu...**

— Agora você veio para o reino dos espíritos e não precisa gritar. Quem grita muito não escuta a voz de Deus através dos pensamentos.

– **Quem é o rei aqui?**

– Shhhhhh! Não precisa gritar mais, Felipinho, aqui o rei é Jesus.

E foi nesse momento que o rei Felipinho I falou, sem gritar:

– Vovó! Eu gritava tanto que não percebia que era a senhora. Eu só queria ter minhas vontades atendidas.

– Ah! Felipinho!

Ele começou a chorar:

– **Buá... buá... buá...**

– Não precisa chorar gritando, meu neto amado.

– **Eu te amo, vovó!**

– Também não precisa dizer que me ama aos berros.

Ela o abraçou com muito carinho e o rei ficou em silêncio.

– Meu neto, você pode influenciar seu filho no reinado dele através do pensamento. Os espíritos influenciam-se mutuamente uns aos outros.

– Entendi, vovó.

– Fale menos e ouça mais, assim vai poder prestar atenção nas boas intuições. Quando gritamos espíritos ignorantes tentam nos influenciar negativamente.

– Vovó, vamos influenciar meu filho para que ele tenha um pé de coelho para ter sorte em seu reinado e possa atrair bons espíritos?

– Felipinho, essas coisas não atraem boa sorte, seu filho não precisa de amuletos da sorte, ele só precisa de um bom coração.

O Rei Felipe I abraçou sua avó e no dia da coroação os dois compareceram à cerimônia abençoando e influenciando com bons pensamentos sua majestade o rei Felipinho II.

A SALA DAS MISSÕES

— Conta a história, que todos os espíritos antes de retornarem para a Terra em uma nova encarnação passam pela sala das missões – comentava dona Lilica com a filha.

— Mamãe, então todos que estamos aqui temos uma missão a cumprir?

— Pois é, Nandinha, todos temos uma missão.

— E qual é a sua, mamãe?

— Essa sua pergunta é bem fácil de responder, nesse momento estou cumprindo a missão de ser sua mãe.

— Uau! Mas é só essa a sua missão?

— Não filha, ser mãe é uma delas. Temos outras ocupações e missões.

— E qual é a minha?

— Ainda vamos descobrir, Nandinha, nesse momento sua missão é ir para a escola.

— E a minha ocupação?

— O que você está fazendo agora?

— Hummm... agora estou ocupada fazendo perguntas, né mamãe?

— Essa é uma ocupação de menina curiosa – e as duas caíram na gargalhada.

— Todos nós, quando nascemos nesse mundo, temos a missão de contribuir para uma vida melhor. O que você gostaria de fazer quando crescer?

— Quero ser professora, mamãe, igual à senhora.

— Então, a sua missão é muito importante ensinar e orientar seus alunos, mas temos outras missões: ser pai, mãe, amigo e tantas outras coisas.

— Mamãe, comer hambúrguer com batata frita é uma missão?

— Menina – dona Lilica sorriu. – Comer hambúrguer com batata frita é uma ocupação.

— É uma maravilhosa ocupação complementada com *milkshake*.

As duas riram muito.

— Minha filha, são muitas as missões e ocupações nesse mundo e no mundo espiritual. Alguns espíritos, como nossos anjos guardiões, têm a missão de nos orientar em nossa passagem pela Terra.

— A senhora e o papai também cuidam de mim, isso é uma missão trabalhosa, né mamãe?

— Do jeito que você é curiosa a minha missão e a do seu pai é ficar o tempo todo respondendo as suas perguntas.

Nesse momento a porta bateu, e Nandinha percebeu que seu pai estava ali fazia algum tempo escutando a conversa entre elas.

— Quero um beijo, porque cheguei em casa e terminei a missão no escritório e agora vou atender à missão de ser pai da Nandinha.

Ela correu e se atirou no colo do pai, que a beijou.

– A próxima missão do seu dia é tomar banho, Nandinha. – dona Lilica falou sorrindo.

– Viver é uma missão, né papai?

– Filha, viver é um presente com muitas missões para todos os espíritos, filhos de Deus.

– Agora chega de perguntas e já para o banho.

– E se eu não quiser ir, mamãe?

– Se você não cumprir sua missão, haverá uma consequência, vai ficar fedorenta e ninguém vai querer ficar ao seu lado.

– Tá bom, tá bom... tô indo!

– Cumpra bem sua missão, lave debaixo dos braços, o nariz, os cabelos e esfregue bem os pés. Guarde a roupa suja no cesto, não deixe o banheiro molhado com a porta do box aberto, não se demore para não gastar muita água...

– Nossa, mamãe, que missão difícil essa de tomar banho.

A família gargalhou, mas Nandinha foi cumprir a missão dela.

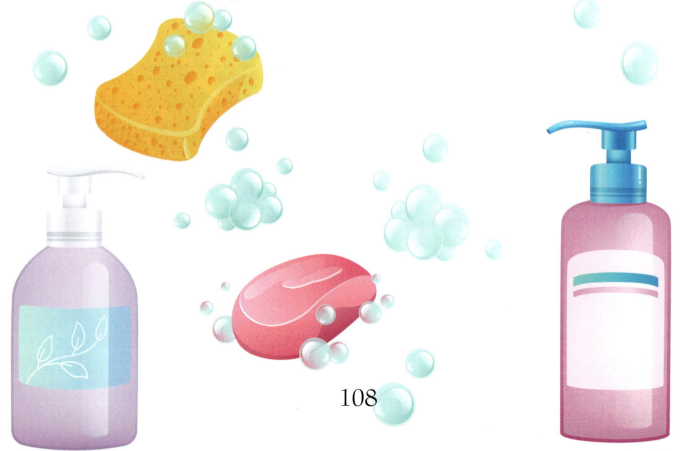

QUESTÕES DO LIVRO DOS ESPÍRITOS ABORDADAS NESTE LIVRO

LIVRO PRIMEIRO

1 - DAS CAUSAS PRIMÁRIAS

A família Sistema Solar da Silva

O Livro dos Espíritos – Capítulo I – Perguntas de 1 a 16

2 - OS ELEMENTOS GERAIS DO UNIVERSO

Né vovô?

O Livro dos Espíritos – Capítulo II – Perguntas de 17 a 36

3 - DA CRIAÇÃO

A fábrica de mundos

O Livro dos Espíritos – Capítulo III – Perguntas de 37 a 59

4 - DO PRINCÍPIO VITAL

Robodek – O robô espírita

O Livro dos Espíritos – Capítulo IV – Perguntas de 60 a 75

LIVRO SEGUNDO

5 - DOS ESPÍRITOS

Escola de anjos

O Livro dos Espíritos – Capítulo I – Perguntas de 76 a 131

6 - DA ENCARNAÇÃO DOS ESPÍRITOS

A alma e o violino

O Livro dos Espíritos – Capítulo II – Perguntas de 132 a 148

7 - DA VOLTA DO ESPÍRITO, EXTINTA A VIDA CORPÓREA, À VIDA ESPIRITUAL

Borboletolândia

O Livro dos Espíritos – Capítulo III – Perguntas de 149 a 165

8 - PLURALIDADE DAS EXISTÊNCIAS

As muitas vidas do meu diário

O Livro dos Espíritos – Capítulos IV e V – Perguntas de 166 a 222

9 - DA VIDA ESPÍRITA

Amigos!

O Livro dos Espíritos – Capítulo VI – Perguntas de 223 a 329

10 - DA VOLTA DO ESPÍRITO A VIDA CORPORAL

Seu Rene e dona Encarnação

O Livro dos Espíritos – Capítulo VII – Perguntas de 330 a 399

11 - DA EMANCIPAÇÃO DA ALMA

Alice no país dos sonhos

O Livro dos Espíritos – Capítulo VIII – Perguntas de 400 a 455

12 - DA INTERVENÇÃO DOS ESPÍRITOS NO MUNDO CORPORAL

O rei que gritava

O Livro dos Espíritos – Capítulo IX – Perguntas de 456 a 557

13 - DAS OCUPAÇÕES E MISSÕES DOS ESPÍRITOS

A sala das missões

O Livro dos Espíritos – Capítulo X – Perguntas de 558 a 584

Caça-palavras
Encontre as palavras no quadro abaixo

```
B O R B O L E T A W A O
L E A A N H I E O N T H
A I G N T N F N A S R T
D C P N U R O B O D E K
W O T A L E G A T O I O
C R E N F E U I I A O T
U O I C E S E R N F G E
S A B O N E T E N N O P
E R T E I P E I A F D I
P D H E Z I E W L E O P
T A B O L O V E R S I A
A U I A R O B E C A T F
```

PIPA - BORBOLETA - BOLO - GATO
FOGUETE - ROBODEK - SABONETE - COROA

Ligue os pontos
Ligue os pontos seguindo os números e complete o desenho

Jogo dos 7 erros
Encontre 7 erros entre as duas imagens

Palavras Cruzadas
Você consegue preencher os espaços com os nomes das personagens deste livro?

Caça-palavras
Você sabe quais são os atributos de Deus?

```
T O I B O L A T A B O M
L I M U T A V E L E I A
A N A I E O N T H S R T
D C T N U R A C O R E K
W O E A L D T A T O T O
C R R N F E R I I A E T
U O I C E U P R N F R E
N P A O N S D I N N N P
I R L E I P J U S T O P
C D L E Z I E W L E O P
O A O N I P O T E N T E
A U I A R O B E C A T F
```

DEUS:
É ETERNO, sempre existiu.
É IMUTÁVEL, nunca irá mudar.
É IMATERIAL, porque é espírito.
É ÚNICO, porque é o Criador de todas as coisas.
É ONIPOTENTE, porque é soberano em seu poder.
É soberanamente JUSTO e BOM, porque se revela nas pequenas e nas grandes coisas.

Encontre a sombra
Ligue cada personagem a sua sombra.

Ajude Deus a construir o Universo

Circule o que você usaria para construir um novo Universo.

 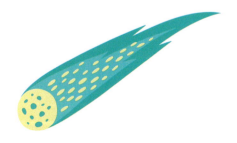

Ligue os pontos
Ligue os pontos seguindo os números e complete o desenho

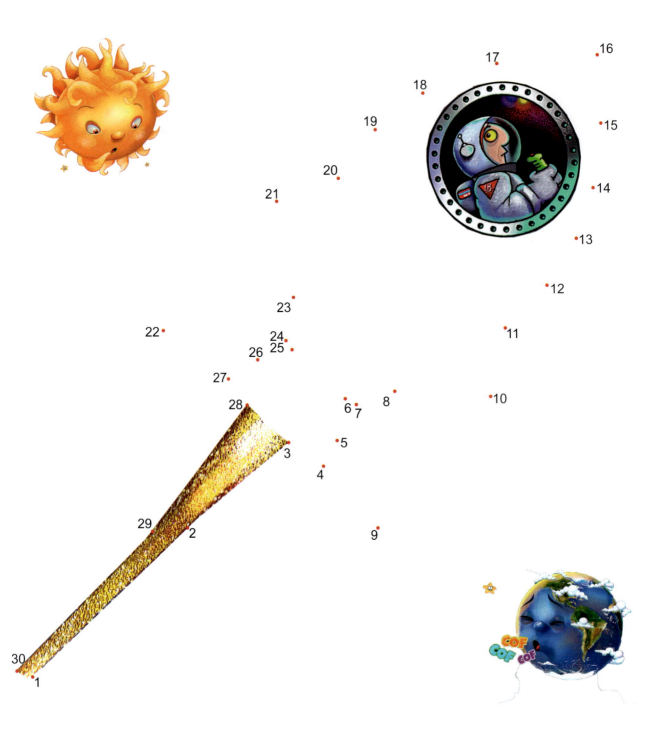

Labirinto
Ajude o perispírito encontrar o caminho para seu corpo físico

O que foi feito por Deus?
Marque com um "X" o que foi criado por Deus

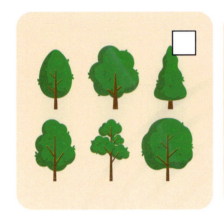  

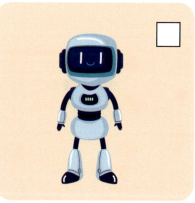

Folha de Respostas

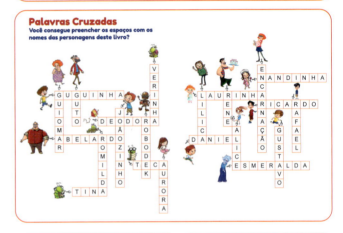

Editores: *Luiz Saegusa e Claudia Zaneti Saegusa*
Direção *Editorial: Claudia Zaneti Saegusa*
Capa e Ilustrações: *L. Bandeira*
Projeto Gráfico e Diagramação: *Mauro Bufano*
Revisão: *Rosemarie Giudilli*
1ª Edição: *2024*
Impressão: *Lis Gráfica e Editora*

Dados Internacionais de Catalogação na Publicação (CIP)
(Câmara Brasileira do Livro, SP, Brasil)

Salles, Adeilson
    O livro dos espíritos para crianças / Adeilson
Salles. ; ilustração Lourival Bandeira de Melo Neto.
-- São Paulo, SP : Intelítera Editora, 2024. -- (O livro
dos espíritos para crianças)

ISBN 978-65-5679-063-3

1. Espiritismo - Literatura infantojuvenil
I; Melo Neto, Lourival Bandeira de. II. Título.
III. Série.

24-232092   CDD-133.9024054

Índices para catálogo sistemático:
1. Espiritismo : Literatura infantil   133.9024054
2. Espiritismo : Literatura infantojuvenil   133.9024054

Eliete Marques da Silva - Bibliotecária - CRB-8/9380

Intelítera Editora
Rua Lucrécia Maciel, 39 - Vila Guarani
CEP 04314-130 - São Paulo - SP
(11) 2369-5377 - (11) 93235-5505
www.intelitera.com.br - facebook.com/intelitera

Para receber informações sobre nossos lançamentos, títulos e autores, bem como enviar seus comentários, utilize nossas mídias:

- 🌐 intelitera.com.br
- ✉ atendimento@intelitera.com.br
- ▶ youtube.com/inteliteraeditora
- 📷 instagram.com/intelitera
- f facebook.com/intelitera

Redes sociais do autor:
- ▶ youtube.com/Adeilson Salles
- 📷 instagram.com/adeilsonsallesescritor
- f facebook.com/adeilson.salles.94

Esta edição foi impressa pela Lis Gráfica e Editora no formato 205 x 265mm. Os papéis utilizados foram couchê Fit Silk 90 g/m² para o miolo e o papel Cartão Supremo 250g/m² para a capa. O texto principal foi composto com a fonte GoudyOlSt BT 15/18 e os títulos com a fonte GoudyOlSt BT 19/25.